Il était une fois...
un loup vert

Loi n°49956 du 16 juillet 1949 sur les publications destinées à la jeunesse.
ISBN : 978-2-09-251773-4
N° projet : 10152742 - Dépôt légal : juin 2008
Imprimé en France - n°147071

Il était une fois… un loup vert

Texte de Laurence Gillot
Illustré par Aurélie Guillerey

Nathan

Assis dans des chaises longues,
Nina et son grand frère Arthur
rêvent au soleil.
Soudain Nina s'écrie :

– Booooof !

– Bon, d'accord !

Nina commence :

– Il est malade ?

Non, il est né
comme cela.

– Ah ! Et qu'est-ce
qu'il lui arrive
à ton lascar ?

– Super passionnant !

Malgré les réflexions de son frère, Nina continue :

– Et là, je parie que la gamine chante à tue-tête et qu'elle réveille le loup !

– Si ! Si ! Le loup est furieux
et il la dévore. Miam !
Il n’en fait qu’une bouchée…

Agacée par les bêtises
d'Arthur, Nina soupire.

– Il ne se passe rien dans ton histoire ! On s’ennuie ! Je ne sais pas moi, elle pourrait être sur son cheval au galop et CRAC ! Ils piétinent ce gros paresseux de loup !

– D'accord, mais si ça continue comme ça, je te préviens, je vais m'endormir !

Calmement, Nina reprend son récit :

La petite fille s'installe sur une motte d'herbe pour jouer avec son cheval en peluche.

– En plus, c'est un cheval en peluche ! bâille Arthur en faisant semblant de dormir. Ron pchi…

Mais Nina crie :

– Tu es folle de hurler
comme ça, tu m’as réveillé !

– Ouais ! Génial !
Enfin de l'action !

Et il court, il court
avec la petite fille
sur son dos.

– Il ne la mange pas ?

Non ! le loup trotte, trotte et…

– … il se prend les pattes
dans une branche ?

Cette fois, Nina se fâche :

Arthur fait mine d'avoir peur
de sa sœur. Nina hausse les épaules
et poursuit son histoire.

Le loup galope si vite
qu'il s'envole dans le ciel
avec la petite fille.

– J'ai rarement entendu
une histoire aussi nulle !

Alors, Nina pointe
du doigt les nuages
et s'exclame :

Arthur scrute l'horizon.
C'est vrai ! Là-haut dans le ciel,
il distingue deux nuages.
L'un, petit, en forme de cheval
et un autre qui ressemble beaucoup
à un loup avec quelqu'un sur son dos.

Arthur est émerveillé :

– Wouaou ! Mais Nina, tu es une poète !

Nina rit. Elle dit :

Arthur s'extasie, les yeux brillants :

– Oh oui, comme il est beau !

J'ai une idée, écoute ! Il était une fois, commence Arthur…

un alligator très très gentil.

– Nina Poète Pouët, tais-toi !

C'est moi qui raconte, compris ?

Alors cet alligator adorable…

Nina ferme les yeux
en souriant et chuchote :

Le texte à lire dans les bulles est conçu
pour l'apprenti-lecteur.
Il respecte les apprentissages du programme de CP :
le niveau TRÈS FACILE correspond
aux acquis de septembre à décembre
et le niveau FACILE à ceux de janvier à juin.

Cette histoire a été testée à deux voix
par Sophie Dubern, institutrice, et des enfants de CP.

Découvre d'autres histoires dans la collection

nathanpoche premières lectures

LECTURE FACILE

T'es trop moche, Jim Caboche !

de Guy Jimenes, illustré par Benjamin Chaud

Arno a très envie de **jouer** au pirate avec son **papa**. Mais celui-ci est trop occupé à réparer la voiture. Pauvre Arno ! Comment faire pour obliger son père à se battre comme tout **pirate** qui se respecte ? Il n'y a plus qu'une solution : le provoquer en duel !

Bas les pattes, pirate !

de Mymi Doinet, illustré par Mathieu Sapin

La princesse Zoé passe ses **vacances** sur le bateau de son père, le roi Igor. Elle commence tout juste à **s'amuser** avec le matelot Léo, lorsqu'une menace s'abat sur le navire : des **pirates** !

Sauve qui pou !

de Mymi Doinet, illustré par Gaëtan Dorémus

Pablito, le petit **pou**, est ravi : il a trouvé une **tête** où faire son nid ! Il glisse sur les nattes de Sara comme sur des toboggans. Mais la fillette n'est pas d'accord. Elle en a assez de se **grattouiller** la tête. Gare à toi petit pou, la chasse est ouverte !

Je suis Puma Féroce !

de Laurence Gillot, illustré par Rémi Saillard

Au supermarché, Loulou se transforme en **sioux** : désormais, il faut l'appeler **Petit Ours** ! Pendant que sa mère, Fleur de Lotus, continue les courses, le petit Indien va vivre de grandes **aventures**…

Contes

Série *Garou-Garou*
de Ann Rocard, illustrée par Christophe Merlin

Le loup qui avait peur de tout

Un **loup** aux grandes dents et aux oreilles velues, c'est forcément effrayant ! Garou-Garou, lui, a **peur** des serpents, des araignées, des escargots, et surtout du **noir**… Aura-t-il peur, aussi, de Noémie ?

Le Soleil a rencontré la Lune

de Sarah K., illustré par Christian Aubrun

Le **Soleil** est amoureux d'une bien jolie boule : la **Lune**. Pour la rencontrer, le Soleil doit l'approcher. Mais s'il l'approche, elle risque de fondre ! Alors, comment va-t-il faire pour lui déclarer son **amour** ?

C'est la vie !

Menu fille ou menu garçon ?

de Thierry Lenain, illustré par Catherine Proteaux

Au Hit-Burger, des **cadeaux** sont offerts avec le menu enfant : des **poupées** pour les **filles** et des **fusées** pour les **garçons**. Mais si les filles veulent des fusées avec leur menu, alors ?

Série *Nico*
de Hubert Ben Kemoun, illustrée par Régis Faller

Face à l'ours

Mlle Nony emmène tous les enfants en **classe-découverte** à la montagne. C'est la première fois que Nico part sans ses parents ! Entre petites angoisses et grosse **frayeur**, ce séjour promet d'être **inoubliable**…